ÉPITRE

SUR

L'HOMOEOPATHIE

PAR ***

NANTES

IMPRIMERIE WILLIAM BUSSEUIL

RUE SANTEUIL, N° 8.

1853.

ÉPITRE

SUR

L'HOMOEOPATHIE

PAR ***

Elance-toi de ton lit de souffrance ;
Humanité, jouet de tant de maux :
Respire enfin, renais à l'espérance,
Voici des jours plus beaux.

Dr ROMANI.

NANTES

IMPRIMERIE WILLIAM BUSSEUIL
RUE SANTEUIL, N° 8.

1853.

ÉPITRE

L'HOMŒOPATHIE.

A mon honorable Maître et Ami

l'Introducteur de l'Homœopathie à Nantes et dans l'Ouest de la France, Auteur de La Vérité en Médecine.

Honneur à toi, DOCTEUR, qui consacres tes veilles
A peindre de notre art les frappantes merveilles;
Ton énergique plume et ton style enchanteur
Parlent à ma raison, aussi bien qu'à mon cœur.
J'approuve ta doctrine, ainsi que ta méthode,
Non par un vain esprit, un caprice de mode;

Mais parce qu'appuyés sur l'éternelle loi
De la similitude, en laquelle j'ai foi,
Des faits de chaque jour, constants, irrécusables,
Nous prouvent que ce n'est qu'au moyen des semblables
Que nos maux sont guéris. Tu fais marcher d'accord
Le remède et le mal que tu saisis d'abord
Avec ce coup-d'œil sûr qui te caractérise.
Tu vas, quand il le faut, provoquer une crise
Sur des organes sains, crise qui se poursuit
Jusqu'au virus caché dans son dernier réduit :
C'est là que rappelant sa force et son adresse,
L'organisme en détruit la secrète souplesse ;
Et l'ardente douleur dont le corps est atteint,
Grâce à ce procédé, se dissipe et s'éteint.
Elève d'Hahnémann, tu marches sur ses traces ;
Tu dis dans tes écrits, à nos nouvelles races,
Que l'art de rétablir des hommes la santé,
Autrefois un mensonge, est une vérité ;
Que l'on guérit le mal qu'on croyait incurable ;
Que l'homœopathie est toujours préférable,
Surtout dans un cas grave où l'on n'ose espérer.
Ce qui surprend le plus, c'est que pour opérer
Ces belles guérisons, qui semblent des miracles,
Qu'on eût prises jadis pour le fruit des oracles,
Le remède est extrême en exiguité.

J'entends de faux savants, dans leur fatuité,
Faire du nouvel art une amère critique ;
Ils préfèrent tuer par la méthode antique,
Plutôt que de guérir par un mode nouveau.
Je ne veux point ici me creuser le cerveau
Pour trouver le motif de leur *antagonisme* ;

Ils pensent, comme toi, connaître l'organisme ;
Ils traitent de la vie et de ses fonctions
Comme s'ils dirigeaient ses opérations.
Jusques là tout va bien ; mais quand les faits arrivent,
Ils ne sont plus d'accord avec ce qu'ils écrivent ;
Ils disent que le sang, fluide merveilleux,
Des produits de la vie est le plus précieux,
Que mieux vaudrait jamais n'avoir rompu sa digue
Que d'en être un instant l'aventureux prodigue.
Cependant on les voit, la lancette à la main,
Risquant d'exterminer le tiers du genre humain.
C'est en vain qu'on leur crie : « Arrêtez, téméraires,
» J'ai pour calmer le sang des moyens salutaires ;
» Réfléchissez un peu, puis expérimentez. »
Ils répondent soudain : « Novateurs, vous mentez. »
Du sang, toujours du sang ; il ne faut autre chose :
Broussais ne voit partout que pléthore et phlogose.

Ils comptent donc pour rien les accidents affreux
Qui résultent toujours de l'abus dangereux
Qu'on fit dans tous les temps de la perte sanguine
Sur laquelle a roulé toute la médecine.
Leur système ne sait que l'inflammation
Et ne connait le sang que dans l'émission.
Mais pour quelques succès brillants en apparence,
Que d'humains immolés par cette intempérance !!
Celui-ci se trouvait avoir trop d'embonpoint,
Mais, grâce à la saignée, il en est à ce point
Qu'il se meurt lentement, bouffi, faible, hydropique ;
Cet autre, dans son sang, est mort paralytique.
D'autres qui se croyaient d'un sang trop vigoureux,
Sont devenus fanés, languissants et nerveux,

Pour avoir tous les ans, quand le printemps arrive,
Rendu, par ce moyen, leur nature chétive.
Pendant quelques instants ils se trouvent bien mieux,
Mais les forces s'en vont sans leur ouvrir les yeux,
Et malgré leur santé si brillante naguère
Ils répètent encor : Le sang nous fait la guerre.
Puis devançant le temps, ils courent de nouveau
Trouver un imprudent qui devient leur bourreau.

Ne sois donc pas surpris de leur antipathie
Contre le bien que fait notre homœopathie.
Mais en si beau chemin pourraient-ils s'arrêter?
N'ont-ils pas des humeurs? l'art sait leur apprêter
D'ingénieux tourments, de nouvelles blessures
Pour les purifier. Et toi, par tes censures
Pourquoi viens-tu troubler leur calme maladif?
Tu veux les éclairer, ils te croiront rétif;
Car leurs autorités sont toutes imposantes,
Et toutes tes raisons demeurent impuissantes.
Entichés de l'usage et des vains préjugés,
Sous d'arbitraires lois ils restent engagés,
Et toujours embourbés dans cette vieille ornière,
Ils ferment malgré tout les yeux à la lumière.

Oui, ce que j'aime en toi c'est cette sainte horreur
S'exaltant à propos contre une ancienne erreur
Qui répand sans pitié le sang de ses victimes.
Juste ciel ! ce malade a-t-il commis des crimes
Que punit la justice? abandonnez son sort
A celle qui sévit; n'avancez pas sa mort.
Médecins guérisseurs, ménagez l'existence
Du malheureux qui met en vous sa confiance.

La vie est dans le sang , vous ne l'ignorez pas :
Sachez sans l'appauvrir éloigner le trépas.
C'est en modifiant ses qualités vitales
Que nous les empêchons de nous être fatales.

Je te trouve érudit quand tu blames l'abus
Que font ces cœurs de fer, gens à l'esprit obtus ,
Des topiques sanglants , dégoutants exutoires ,
Cautères douloureux , cuisants vésicatoires ,
Exécrables moxas et barbares sétons. . . .
Ce n'est point en brisant les naissants rejetons
D'un arbre empoisonné qu'on détruit ses ravages.
Les fous frappent la tige ; et que font les gens sages ?
Jusques à la racine ils vont porter leurs coups ,
Ne voulant pas sans fruit ajouter aux dégouts ,
Aux peines , aux douleurs de la frêle existence
Qu'un germe, qu'un virus tient sous sa dépendance.
C'est à la cause interne, et non pas au dehors ,
Qu'ils savent prudemment appliquer leurs efforts.
Voilà ce que tu fais , et de là vient ta gloire ;
C'est ce qui rend ton nom bien cher à ma mémoire.

Mais le médicament infiniment petit
Excite chez l'envie un cruel appétit :
Sa venimeuse dent nous poursuit, nous traverse
Dans nos prescriptions , et par sa controverse
Elle va réveiller la cendre des savants
Pour mêler leurs erreurs aux erreurs des vivants.
Elle invoque les us , les lois , l'expérience ,
La grossière raison , la palpable science ;
Elle étale aux regards le livre magistral ,
L'antique formulaire au mélange banal.

Si la délicatesse en le voyant recule,
L'envie au même instant dévoue au ridicule
Nos *globules sucrés* et nos *dilutions*.
Plaisantes nullités, dit-elle, inventions
Propres à fasciner de petites cervelles
Adoptant follement les maximes nouvelles.
Bien plus, elle ose dire en pleine faculté
(Et dans mon souvenir le trait en est resté)
Qu'elle nierait toujours, rebelle à l'évidence,
L'effet d'un spécifique à si faible apparence.
Puis par un contre-sens abdiquant la raison,
Elle dit ce remède un terrible poison.
Ce poison, il est vrai, ne fait mourir personne :
Mais la gent obstinée ainsi parle et raisonne.
S'il guérit quelquefois, s'il soulage souvent,
Toute prête elle est là remuant, soulevant
Mille discussions, et traitant d'imposture
Son succès que l'on doit, dit-elle, à la nature.
Entre d'habiles mains il a tant de bonheur,
Que l'envie accablée exhale sa fureur.
Par l'organe des siens elle annonce à la terre
Que depuis Hahnemann un germe délétère
Lentement s'est glissé dans le corps médical ;
Qu'il s'incruste, envahit, tenace comme un cal,
Toutes les régions de ce noble édifice
Qu'il travaille à miner par un trait d'artifice.

« Adieu votre science, illustres anciens,
Pour vous plus de succès, savants praticiens.
Adieu la pharmacie, adieu riches mélanges,
A qui nos bons aïeux consacraient leurs louanges ;
Car nos docteurs présents, nos savants à venir

Ne conserveront plus de vous le souvenir.
Les ingrats désertant le drapeau de nos pères,
Guériront désormais les douleurs de leurs frères,
Quels qu'en soient le principe ou bien l'intensité,
Le genre, la nature et la ténacité,
Par des moyens nouveaux, simples, prompts et faciles.
Vos travaux, vos conseils maintenant inutiles,
Vont être relégués au rang des fictions,
Trop heureux si bientôt toutes les nations,
A leur antique foi se montrant infidèles,
Ne vont pas épouser les doctrines nouvelles. »

Ainsi parle l'Envie. Avec un air hagard
Elle jette sur nous son terrible regard.
J'aperçois à son aide accourir l'Ignorance
Qui fait, en l'abordant, une humble révérence.
« Chère sœur, lui dit-elle, à quoi bon tant de cris ?
Vouez à ce système un souverain mépris ;
Allez dans tous les cœurs où règne votre empire,
Répéter mille fois que de nos maux le pire
Et qui porte le plus à la destruction,
Fut-il la vérité, c'est L'INNOVATION.
Ne perdez point de temps en de vaines disputes ;
Surtout si vous voulez éviter mille chutes,
Pour vous accompagner prenez secrétement
L'Orgueil, votre vassal ; qu'un noble entêtement
Imprime son cachet sur votre caractère.
Ayez soin d'entourer vos actes de mystère.
Ecartez tout essai, dites qu'il n'en faut point,
Que le monde est assez éclairé sur ce point ;
Que déjà l'on sait trop les maximes blâmables
Qui disent qu'on guérit par la loi des semblables

En se servant d'un *rien* nommé médicament ;
Que cela ne se peut sans un enchantement.
Oui, faites voir à tous leur funeste tendance,
Et de chaque remède éclater l'abondance.
Vous trouverez partout d'innombrables sujets
Tout prêts à seconder vos louables projets.
Il existe en effet bien des docteurs en titre
Qui n'ont depuis longtemps su lire un seul chapitre,
Et qui seront pour nous, n'en doutez nullement.
D'autres plus studieux, mais sans discernement
N'iront point discuter sur semblable sottise :
Leur approbation aussi nous est acquise.
Ceux qui n'ont ni l'amour, ni la foi de leur art,
Viendront s'inféoder à l'antique étendard.
La vérité chez eux passera pour un songe,
Et l'on nous saura gré d'un innocent mensonge.
Nous aurons des vieillards, des savants d'autrefois,
Qui veulent à notre âge encor dicter des lois,
Fruit le plus précieux d'une longue routine,
Pour empêcher les gens d'errer en médecine.

» Vous verez avec nous bien des pharmaciens
Faire cause commune, et les praticiens
Qui purgent les humeurs, plongés dans la matière,
Préféreront à tout leur science première.
Ceux qui savent saigner et n'ont d'autre savoir,
De suivre nos conseils se feront un devoir.
Tout sensé consultant, à la triple formule,
De nos nombreux amis sera le noble émule.
 » Sœur, s'il faut un combat, nos fidèles enfants,
Grâce à notre secours, resteront triomphants.

Liguons-nous à jamais et tourmentons les traîtres,
Qui pour le bien public abandonnent leurs maîtres,
Renégats de la foi d'un serment selennel,
Ils méritent de tous un reproche éternel. »

Je laisse ainsi parler l'Ignorance et l'Envie,
Et je dis qu'il n'est rien de plus cher dans la vie
Qu'une bonne santé qu'on aime à maintenir,
Et quand on ne l'a pas, qu'on voudrait obtenir ;
Que des médicaments l'abondance indigeste
Sera toujours pour moi l'erreur la plus funeste ;
Que c'est moins du mélange et de la quantité,
Que du sage à-propos et de la qualité
D'un remède qui sait seconder la nature,
Que vient l'heureux succès d'une éclatante cure ;
Qu'une petite dose agissant dans ce but,
De mon choix médité mérite le tribut ;
Que les ingrédients d'un monstrueux mélange
Me semblent le produit d'une folie étrange.
Un remède tout simple et des conseils prudents
Guérissent bien plus vite avec moins d'accidents.
Un abandon total des maux qui nous tourmentent
Est cent fois préférable aux soins qui les augmentent
Et qui n'empêchent pas le sujet de périr.
Inventer des douleurs ce n'est pas là guérir :
Il faut les apaiser, non les rendre incurables.
Le passé sur ce point en leçons admirables
Est fécond. Il en est qui, même de nos jours,
Ne sachant vous guérir, vous endorment toujours.
Ils mettent à profit les leçons d'un grand maître
Que l'histoire en son lieu nous apprend à connaître.

Il fut un temps jadis qu'un trop fameux docteur,
Pour guérir promptement ou calmer la douleur,
Donnait à l'impromptu, sans songer à la cause,
Le divin narcotique à la plus haute dose.
L'infortuné malade, en voulant sommeiller,
S'endormait bien guéri pour ne plus s'éveiller ;
Ou bien s'il arrivait par un effet contraire,
Que son mal s'exaltât au lieu de se distraire,
On n'en accusait point l'opium ni le pavot :
Le remède en ce cas n'avait pas fait défaut.
Tout le blâme tombait sur la pauvre nature
Qui n'avait pas voulu se prêter à la cure.
Autrefois passe encor, mais sur le même ton
Raisonner en ce siècle, hélas ! le croirait-on ?
Raisonner, passe encor, mais agir de la sorte,
Et se dire savant ! Qu'un fat du bon sens sorte,
Passe encor ; mais pourquoi se dire médecin,
Et par un faux principe être mon assassin ?
Engourdissez mon mal, j'y consens : si je goûte
Un calme passager, c'est un grand bien, sans doute ;
Mais au lieu de guérir s'il me faut trépasser
Dans ce sommeil trompeur, cela ne peut passer ;
Cela ne peut passer si mes maux se dilatent,
Si d'autres accidents avec fureur éclatent :
Le remède est ici bien pire que le mal.
Avec plus de sagesse en use l'animal
Qui trouve par instinct son herbe spécifique.

. . . .

Dans ses prescriptions se montrer magnifique,
Donner le maximum d'un mélange imposteur ;
Faire, sans soulagar, tomber dans la torpeur ;

Opprimer la nature et troubler l'organisme ;
Suivre les errements d'un vain charlatanisme ;
Opposer des moyens au travail curatif ;
Ajouter à la fièvre un mal bien plus actif ;
Soustraire à notre corps tout ce qu'il a de force,
Par mille inventions ; n'atteindre que l'écorce
D'un toxique qui ronge et conduit au tombeau....
De tous nos ennemis n'est-ce pas le tableau ! !

. . . .

Pour notre art tels docteurs ont une horreur profonde,
Et n'enverront jamais les gens dans l'autre monde
Sans avoir balayé le tube intestinal,
Qu'ils disent saturé d'un liquide infernal.
Pour arriver au but, ils poussent la torture
Jusqu'à ce qu'ils aient fait succomber la nature.
Mais si le patient, par un heureux hasard,
Dans son pélerinage éprouve du retard,
Ils ne manqueront pas d'en imputer la gloire
Au vomi-purgatif en prônant sa victoire.
Ceux qu'on vit expirer dans d'horribles efforts
S'en sont allés sans bruit se plaindre chez les morts.
Ah ! si tous franchissant l'éternelle demeure
Se montraient à nos yeux, s'ils faisaient à cette heure
Résonner les échos de leurs cris douloureux,
L'univers frémirait d'ouïr ces malheureux ! ! !

De faux amis diront : Ces faits sont déplorables,
Mais pourquoi nous parler de maux irréparables ?
Ceux qui les ont produits l'ont fait de bonne foi.
Déjà la rumeur dit, s'élevant contre toi,
Qu'en peintre exagéré tu rembrunis la toile.
Pour l'honneur de ton art là-dessus jette un voile.

Ton système inconnu n'est qu'un débile enfant
Qui se croit assez fort pour vaincre un éléphant,
Et qui doit à coup sûr succomber dans la lutte.

A d'injustes assauts s'il nous faut être en butte,
Réjouissons nous-en, c'est pour l'humanité.
Du système inconnu jaillit la vérité ! !
Pour l'honneur, de votre art on tairait les sottises,
Si ses fautes n'étaient que de faibles méprises.
Quand nous en rappelons le cuisant souvenir,
C'est pour en préserver les siècles à venir.
Et quant à cet enfant condamné, rachitique,
Il grandira vainqueur malgré votre critique ;
La nature en fera son bienfaisant appui ;
On verra les savants prosternés devant lui.
C'était bien un enfant qu'on croyait un profane
Qui rétablit l'honneur de la chaste Suzanne,
Et la foule, abusée un instant, l'écouta :
A ses clameurs le bras séculier s'arrêta.
Contre la force injuste il sonnait la trompette,
Et plus tard cet enfant devint un grand prophète.

C'est assez discuter : craignons par des longueurs
D'émouvoir contre moi la bile des censeurs.
N'est-il pas pour mon cœur une plus chère étude ?
Celle de t'exprimer ma vive gratitude ;
A toi qui m'enseignas, éclairant ma raison,
Le principe et la loi de toute guérison ;
Qui sus, pour ta personne et l'homœopathie,
M'inspirer le respect comme la sympathie.
Bien jeune encore, hélas ! ma course s'achevait
Quand tu vins de tes soins entourer mon chevet.

Seul de tous les docteurs qui voyaient ma souffrance
Hardiment tu prédis ma prompte délivrance.
La vieille faculté me vouait au trépas ;
Toi, toujours plein d'espoir, tu me ressuscitas.
Songeant plus à mes maux qu'aux sottes convenances,
Tu rejetas bien loin ce fatras d'ordonnances
Dont le moindre accident eût été d'éloigner
Une cure incertaine, et tu sus m'épargner
Du temps et des douleurs... En frappant sa racine
Tu détruisis mon mal... Alors de la doctrine
Qui produisait en moi cet effet merveilleux,
De sonder les secrets je devins curieux.
En m'accueillant chez toi, tu me les fis connaître ;
Toi qui fus mon sauveur, tu fus aussi mon maître.

Ici je rends hommage à ton rare talent,
A tes soins éclairés, à ton cœur excellent.
De plus dignes que moi t'ont choisi pour modèle.
Au principe éternel tu demeures fidèle.
En prudent médecin, toujours avec douceur,
Secondant la nature en son triste labeur,
Tu la suis pas à pas, tu comprends son langage ;
Dans le trouble tu sais bientôt calmer l'orage ;
Tu stimules parfois sa pénible langueur,
Pour terminer le mal qu'elle traîne en longueur,
Et détruisant la cause en frappant les symptômes,
Tu chasses les douleurs comme de vains fantômes.
Combien ont recouvré la force et la santé
Par ton art si puissant, si plein d'humanité,
Si digne d'Hahnemann, savant modeste, illustre,
Et sur lequel tu viens jeter un nouveau lustre.

Après la guérison, tu ne les quittes pas,
Dans la route du bien tu veux guider leurs pas ;
Entraîné par ton zèle et l'ardeur de ton âme,
Pour eux dans tes écrits brille une vive flamme,
Et ces mots *harmonie, attraction, amour,*
Y sont avec bonheur répétés tour à tour ;
Des hommes tu voudrais faire un peuple de frères,
Par de féconds travaux éteindre leurs misères ;
Leur donner le bien-être et la perfection.
Néanmoins n'allons pas nous faire illusion :
En tout on doit garder une juste limite.
Hélas ! dans cet exil, tant que notre âme habite,
Sur nous pèsent la mort, le péché, la douleur
Dont nous serons exempts dans un monde meilleur.
Attraction, amour, harmonie, espérance,
Ici bas est en vous l'oubli de la souffrance,
Et vous exprimez bien les nobles sentiments ;
Mais la prudence humaine a ses égarements.
Oui, la plus sage loi, la plus *harmonienne*
Est comme tu l'as dit : La Charité chrétienne.
Cela n'est pas nouveau, le style en paraît vieux,
Pourtant jusqu'à ce jour on n'a pu trouver mieux.
Il m'a toujours semblé que les dépositaires
De la morale sainte et des divins mystères
Ont traité sagement ce sujet délicat.
Ah ! de ces vérités sois toujours l'avocat.
Poursuis ta noble tâche, elle est vaste, sacrée
Et rendra de ton nom la mémoire honorée.